petit roman

Du même auteur, dans la même série :

LE CHAT A DISPARU

LE MYSTÈRE DE LA GIRAFE

es jumelles
u ZOO

Sophie Rigal-Goulard

Illustrations de Frédérique Vayssières

UN CADEAU POUR LES SINGES

RAGEOT

Pour Louis,
un stagiaire de choc.

Cet ouvrage a été imprimé sur un papier
issu de forêts gérées durablement,
de sources contrôlées.

IMPRIM'VERT
Votre imprimeur agit pour l'environnement

ISBN : 978-2-7002-4386-4
ISSN : 1965-8370

Loi n° 49-956 du 16-07-1949 sur les publications
destinées à la jeunesse.

Une grande enquête

– Oh regarde, Lola ! Le ouistiti vient de voler la banane de Jojo !

Ma jumelle se retourne trop tard. Le petit singe a été si rapide que Jojo n'a rien vu venir. Pourtant, c'est le plus gros chimpanzé de la serre et le mâle dominant de la tribu ! Il se met d'ailleurs à pousser des cris stridents.

– Pauvre Jojo ! s'exclame Lola en riant. Il se fait vieux…

J'adore visiter la serre tropicale des grands singes. Plusieurs espèces différentes s'y déplacent derrière d'immenses vitres, au milieu des bananiers, des ponts suspendus et des cascades.

Depuis que papa a pris la direction du zoo de la Fontaine, ma jumelle et moi sommes passionnées par les animaux. Et comme maman est chef des soigneurs, elle nous raconte très souvent des anecdotes incroyables. Grâce à elle, même à la maison, nous restons en compagnie des animaux sauvages.

– Salut les jumelles ! s'écrie Arnaud, le vétérinaire du zoo, qui vient d'entrer dans la serre. Comment allez-vous ?

– Super bien, répond Lola. Surtout que Franck, le soigneur des fauves, nous a promis qu'on pourrait donner le biberon à Simba, le bébé tigre dont la maman est malade.

Je fais les gros yeux à ma sœur. Franck nous a précisé de ne rien dire à personne mais ma jumelle est incapable de garder un secret !

– Au fait les filles, vous n'auriez pas trouvé un portable ? nous interroge Arnaud. J'ai perdu le mien et il est en mode silencieux…

Comme on lui répond qu'on n'a rien trouvé, il lance :

– Je serai dans la serre des oiseaux. Si par hasard vous l'apercevez, prévenez-moi.

Tandis qu'Arnaud s'éloigne, ma jumelle me tire le bras.

– Inès, déclare-t-elle, une grande enquête va commencer.

– Une grande enquête ? je demande étonnée.

– Mais oui, il faut qu'on retrouve le portable d'Arnaud ! s'écrie-t-elle. Un vétérinaire en a besoin pour travailler.

Ma jumelle adore les enquêtes. Elle va m'entraîner sur les traces du téléphone disparu.

Ça tombe bien, je suis super forte pour trouver des indices !

La victime interrogée

Lola est rouge d'excitation.

– Quand les jumelles s'en mêlent, les portables se retrouvent à la pelle ! chantonne-t-elle alors qu'on marche dans les allées du zoo.

– Et tu comptes commencer par où ta grande enquête ? je demande, intéressée.

– Par le commencement ! me répond ma sœur. On fait parler la victime, on relève les indices, on interroge les suspects et on traque le coupable jusqu'à son « arrêtage ».

– On dit son « arrestation », Lola… Et puis je te rappelle qu'on n'est pas détectives privés.

– On est mieux que ça, on est des enquêtrices de zoo ! s'exclame ma sœur qui saisit ma main. Il faut interroger Arnaud. C'est lui la victime.

Lola m'entraîne vers la serre des oiseaux. Arnaud y examine l'aile d'un aigle royal qui s'est blessé.

– On te cherchait, déclare Lola. On voulait t'interroger sur la disparition de ton portable pour notre grande enquête.

– Votre grande enquête ? lance notre « victime » en riant. Mon portable était dans la poche de ma blouse ce matin, et une heure plus tard il avait disparu. J'ai dû le faire tomber dans le zoo. Ne vous inquiétez pas, je le retrouverai…

Lola me regarde d'un air entendu.

– Personne ne nous empêchera de démasquer le coupable, me chuchote-t-elle alors qu'on s'éloigne.

– Il faut fouiller la serre des grands singes, je propose, puisqu'Arnaud y travaillait ce matin.

Sur le chemin, on inspecte les allées avec attention.

– Le téléphone d'Arnaud n'est peut-être plus au zoo, je déclare. Quelqu'un l'a sûrement ramassé et l'a empor…

– Il faut le faire sonner, me coupe Lola alors qu'on entre dans la serre. Comme ça, on l'entendra ! Il doit être dans la poche d'un voleur…

– Lola, Arnaud t'a bien dit que son portable était en mode silencieux. Tu n'écoutes pas quand on te parle ?

Ma jumelle ne me répond pas. Je me tourne vers elle. Elle fixe du regard l'un des orangs-outangs…

Les voleurs démasqués !

– Lola ! Tu as entendu ce que je viens de te dire ?

Je secoue le bras de ma jumelle qui reste plantée devant l'espace vitré des orangs-outangs sans réagir.

– Regarde Tsongo. Il fait un truc bizarre, me chuchote-t-elle.

Tsongo est un jeune orang-outang qui a beaucoup de succès auprès des visiteurs parce qu'il passe son temps à les faire rire. Je m'approche de la vitre pour mieux l'observer. Il colle sa main sur son oreille et penche légèrement la tête.

– Tu n'as pas l'impression qu'il imite un geste ? me demande ma sœur.

– On dirait… On dirait qu'il est en train d'écouter un…

Je ne finis pas ma phrase. Lola m'attire vers la grotte où est installé Tsongo. Il continue son manège et Bajung, son compagnon, le rejoint. Les deux orangs-outangs s'échangent quelque chose et c'est au tour de Bajung de prendre la pose !

– On a trouvé nos voleurs, murmure Lola. Ils ont un téléphone.

– Il faut vérifier que c'est bien celui d'Arnaud. Va le chercher, je reste ici pour surveiller que Tsongo et Bajung ne cachent pas leur trouvaille…

Ma jumelle sort de la serre. Pendant son absence, je regarde Bajung qui imite à la perfection une conversation au téléphone. Il penche la tête, la secoue, fait des gestes de la main. Il est incroyable !

Au bout de quelques minutes, Arnaud et Lola arrivent en courant.

– Tsongo ! crie Arnaud. Qu'est-ce que tu as fait ?

Le jeune orang-outang se poste derrière la vitre et nous adresse d'énormes grimaces. Il file ensuite vers Bajung et l'entraîne dans les arbres. Arnaud appelle Malik, l'un des soigneurs de la serre. À eux deux, ils mettent plus de dix minutes à récupérer le téléphone.

Tsongo finit par le lâcher à contrecœur.

– Le pauvre, on vient de lui enlever son jouet préféré, constate Lola.

– Quelle canaille quand même ! lâche Arnaud en nous rejoignant. Il a réussi à attraper le portable dans ma poche sans que je m'en rende compte. Vous êtes trop fortes, les jumelles ! Merci.

Malgré le compliment, on ne se sent pas fières. On adore Tsongo et Bajung et on regrette presque de les avoir démasqués.

Un singe très têtu

Ce matin, Lola et moi, nous avons invité Zoé et Lucien à faire le tour du zoo avec nous. Le dimanche, nous passons toujours dire bonjour à nos animaux préférés. Parfois, les soigneurs nous permettent de les aider.

– Tsongo et Bajung ont trouvé de nouveaux jouets, nous annonce Malik que l'on vient de rejoindre devant la serre tropicale.

Bajung, installé sur un pont, tient un petit bâton collé contre son oreille et agite l'autre bras.

– Il fait comme s'il téléphonait ? demande Zoé en souriant.

– Exactement ! répond Malik.

Tsongo, lui, est agrippé à une branche et approche une tranche de pastèque de sa joue.

– Celui-là aussi fait semblant d'appeler quelqu'un ! s'écrie Lucien en le désignant du doigt.

Le gros orang-outang finit par lancer sa tranche de pastèque par terre en grimaçant et s'empare d'un kiwi qu'il colle contre son oreille.

Il secoue la tête comme s'il participait à une conversation téléphonique puis jette le kiwi en poussant un cri.

Malik dépose quelques régimes de bananes dans la serre et Zoé me pousse du coude.

– Tu crois que les orangs-outangs vont s'en servir comme de téléphones ? me demande-t-elle.

– Bajung l'a déjà fait ! s'exclame Lucien.

On regarde vers la cascade où Bajung s'est réfugié avec une banane près de l'oreille. Il fait semblant de discuter au téléphone... On se met tous à rire tandis que Tsongo s'approche, curieux. Son compagnon lui tend la « banane-portable », mais Tsongo la saisit, l'épluche et la porte à sa bouche.

Il l'engloutit alors que Bajung pousse des cris de protestation.

– C'est incroyable, lance ma jumelle. Tsongo a fait exprès d'avaler le faux portable !

Comme s'il avait entendu, Tsongo attrape une autre banane et la jette du haut du pont.

– Quelle tête de mule, sourit Malik.

– Moi, je dirais plutôt qu'il a une tête de singe, je rectifie en souriant. Mais de singe têtu !

Une idée géniale

Dans la matinée, Tsongo et Bajung restent éloignés l'un de l'autre, comme s'ils étaient fâchés. Après un tour dans le petit train du zoo, on retourne voir s'ils sont de meilleure humeur.

– Pas de changements, nous annonce Malik. Ils ne sont vraiment pas contents.

Tsongo est assis sur le pont suspendu, les bras sur la tête. Bajung est accroché à un arbre, loin de lui.

– Ils ont l'air de s'ennuyer, déclare Zoé.

– C'est un peu notre faute, avoue Lola en grimaçant.

– Il faudrait trouver un jeu pour les occuper, suggère Lucien.

– Et si on leur donnait un vieux portable ? je propose.

Lola me regarde et sourit avant de s'écrier :

– Génial, on aurait dû y penser avant. Viens, on va en parler à maman !

Notre mère est en pleine discussion avec un soigneur lorsqu'on la rejoint.

– Maman, on a une idée « expectionnelle » à te proposer ! s'écrie Lola tout excitée.

– Elle est surtout « exceptionnelle », je corrige.

– Oui maîtresse ! se moque ma jumelle avant de se lancer dans de grandes explications.

Maman écoute, les bras croisés.

– Si je vous ai bien comprises, commente-t-elle lorsque Lola se tait, vous trouvez que nos jeunes orangs-outangs s'ennuient, donc vous leur proposez de se mettre au portable…

On lance tous un « oui » enthousiaste.

– Mes filles sont à la fois détectives et psychologues pour animaux, et elles ont même des associés, déclare maman en riant. Allez, c'est d'accord pour votre expérience !

On trouve deux vieux portables à la maison. Ensuite, on rejoint Arnaud dans le vivarium où il s'occupe d'un gecko blessé.

– Quoi ? s'étonne-t-il après avoir écouté nos explications. Vous voulez offrir des portables à deux chenapans qui ont commis un vol dans le zoo ?

– Juste de vieux téléphones, je proteste en riant. Ils ne fonctionnent plus.

– Allez Arnaud, dis oui ! Bajung et Tsongo adorent téléphoner, lance Lola.

Arnaud fait semblant d'hésiter... Puis il se décide enfin à rejoindre nos deux amis.

Un cadeau pour les orangs-outangs

– Allez, viens ici Tsongo, murmure Arnaud en agitant le portable. Celui-là, il est pour toi…

Ma sœur est aussi excitée que moi. On a tellement envie que notre idée fonctionne… Lucien et Zoé respirent à peine.

Bajung s'approche timidement. Il tend un bras.

– Regarde ! Il accepte le cadeau ! s'écrie Lola.

Tsongo arrive à grandes enjambées. Arnaud lui tend son nouveau jouet. Il s'en empare et le porte à son oreille avant de s'éloigner.

– Lorsqu'ils sont nés en captivité, les orangs-outangs sont capables d'imiter les gestes des adultes et de les reproduire longtemps après les avoir vus, nous explique Arnaud. Les primates savent très bien « singer » nos petits défauts !

– Allô Bajung, tu m'entends ? je lance en faisant semblant d'avoir un téléphone dans la main.

Le gros orang-outang revient sur ses pas et se colle près de la vitre, son portable à l'oreille.

– Tu nous reçois cinq sur cinq, Tsongo ? demande Zoé à son tour.

Tsongo pousse des cris dans son téléphone comme s'il nous répondait.

– Alors Bajung ? Tu es content j'espère ? je m'exclame en continuant ma fausse conversation téléphonique.

Bajung secoue la tête, son portable à l'oreille. Lola me pousse du coude pour que je me retourne. Notre échange a attiré un grand nombre de visiteurs qui regardent la scène en souriant.

Bajung compose un numéro avec ses gros doigts tandis que Tsongo marche de long en large, très préoccupé par sa conversation téléphonique. Les spectateurs se mettent à rire.

– Ces deux chenapans sont à nouveau en pleine forme, constate Arnaud. En plus, ils ont un succès fou. Vous avez eu une excellente idée, les jumelles.

– Donc notre expérience était originale et intelligente ! déclare ma sœur. On est des « spychologues » pour animaux…

– Des « psy-cho-logues », Lola, je rectifie.

Ma jumelle fronce le nez en louchant pour se moquer de la manie que j'ai de la corriger. Je l'imite puis je tire la langue en inclinant la tête et elle fait de même.

– En tout cas, conclut Lucien, vous êtes presque aussi fortes que les orangs-outangs pour les grimaces !

LE SAIS-TU ?

Les orangs-outangs vivent essentiellement sur les îles de Bornéo et de Sumatra en Asie.

Ce sont les seuls singes à avoir un pelage brun roux.

Des singes passionnants

Le mot « orang-outang » vient du malais « orang hutan » qui signifie « homme de la forêt ». Certaines tribus pensaient que ces grands singes étaient des hommes changés en animaux à la suite d'un sacrilège.

De nos jours, l'étude de leur comportement passionne les scientifiques. Ces grands singes sont en effet remarquablement intelligents. Dans un zoo aux États-Unis, on a donné une tablette à certains d'entre eux qui ont appris à jouer avec ce nouvel outil.

L'orang-outang en quelques chiffres

Un orang-outang adulte mesure entre 1,10 m et 1,40 m et pèse 40 à 80 kg. Il vit en moyenne 40 ans. Le mâle a des poils très longs qui atteignent 50 cm sur les épaules.

Les orangs-outangs sont quadrumanes, c'est-à-dire que chacun de leurs membres se termine par une main. Ils peuvent donc attraper les objets avec leurs pieds comme avec leurs mains ! Leurs bras mesurent jusqu'à 2 mètres.

La vie en liberté

Les orangs-outangs sont arboricoles, c'est-à-dire qu'ils vivent essentiellement dans les arbres. Chaque nuit, ils fabriquent des nids perchés très haut au-dessus du sol pour dormir. Ils se nourrissent de fruits mais aussi d'écorces, de petits vertébrés, d'insectes ou d'œufs d'oiseaux.

L'orang-outang est solitaire mais il obéit au plus vieux mâle de la tribu qui domine les autres et qui lui transmet son expérience de la forêt.

Une espèce menacée

L'orang-outang est une espèce menacée d'extinction. Il est chassé par les braconniers et son habitat naturel, la forêt tropicale, est menacé. En effet, les hommes abattent énormément d'arbres pour en utiliser le bois et pour produire de l'huile de palme. Les orangs-outangs ont donc de plus en plus de mal à trouver des abris et leur nombre diminue d'année en année.

Les bébés orangs-outangs

La gestation d'un bébé orang-outang dure 8 à 9 mois. Les premiers mois, la maman porte son petit en permanence parce qu'il ne sait pas encore s'agripper. Dès qu'il le peut, le bébé orang-outang s'accroche au dos de sa mère.

À partir du quatrième mois, il commence à explorer son environnement et à grimper dans les arbres. Il se nourrit tout seul à partir de 3 ans et reste sur le territoire de sa mère jusqu'à 7 ou 8 ans.

L'auteur

Sophie Rigal-Goulard a deux vies.

La moitié de la semaine, elle est au tableau noir devant ses élèves.

Dans l'autre moitié, elle écrit des histoires qui parlent d'animaux mais aussi des enfants, de leurs amitiés, de leur famille...

Sophie Rigal-Goulard vit dans un village en haut d'une colline, près d'Aix-en-Provence.

Vous pouvez la retrouver sur son site : www.sophie-rigal-goulard.fr

PAPIER À BASE DE
FIBRES CERTIFIÉES

RAGEOT s'engage pour
l'environnement en réduisant
l'empreinte carbone de ses livres.
Celle de cet exemplaire est de :
160 g éq. CO_2
Rendez-vous sur
www.rageot-durable.fr

Achevé d'imprimer en France en janvier 2015
par l'imprimerie Clerc.
Dépôt légal : février 2015
N° d'édition : 6300-01